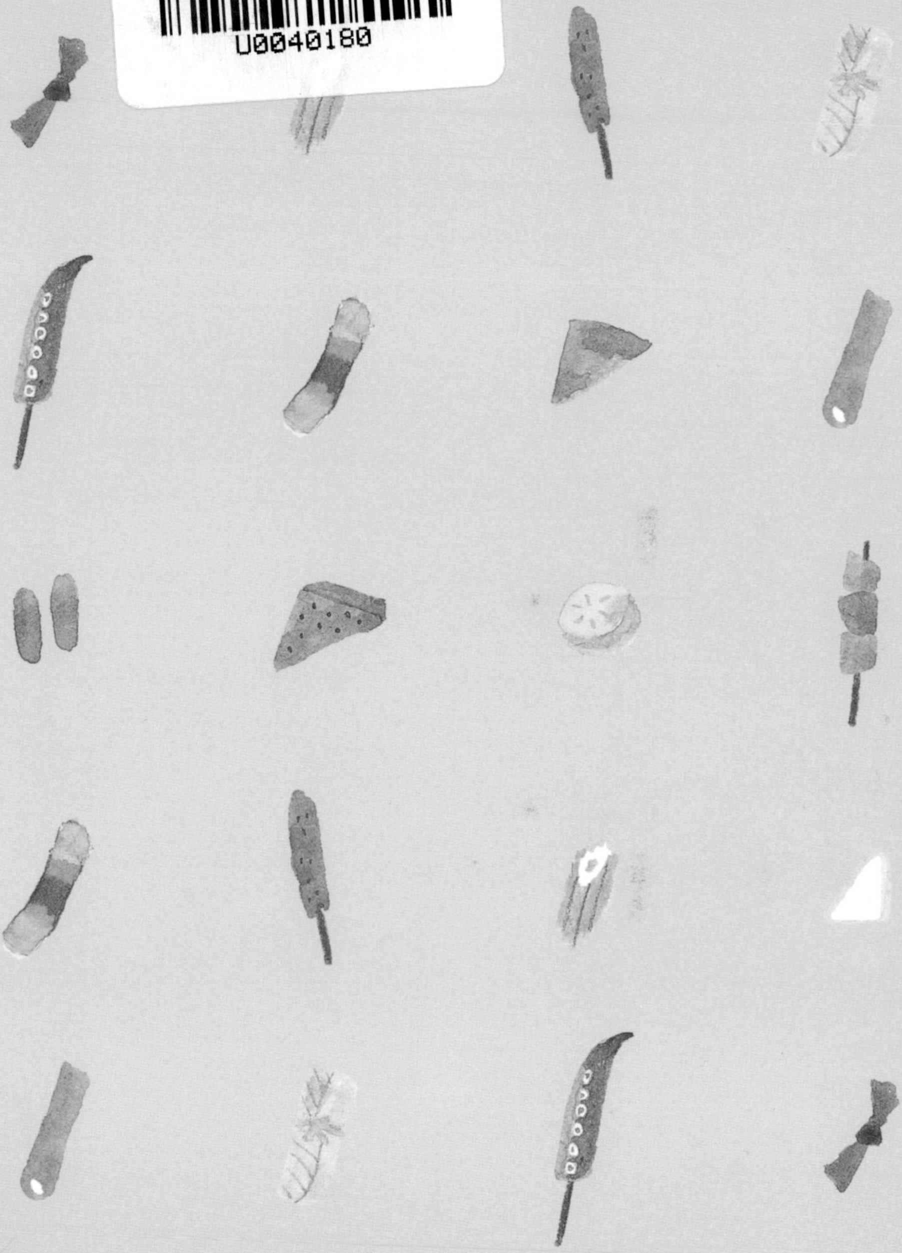

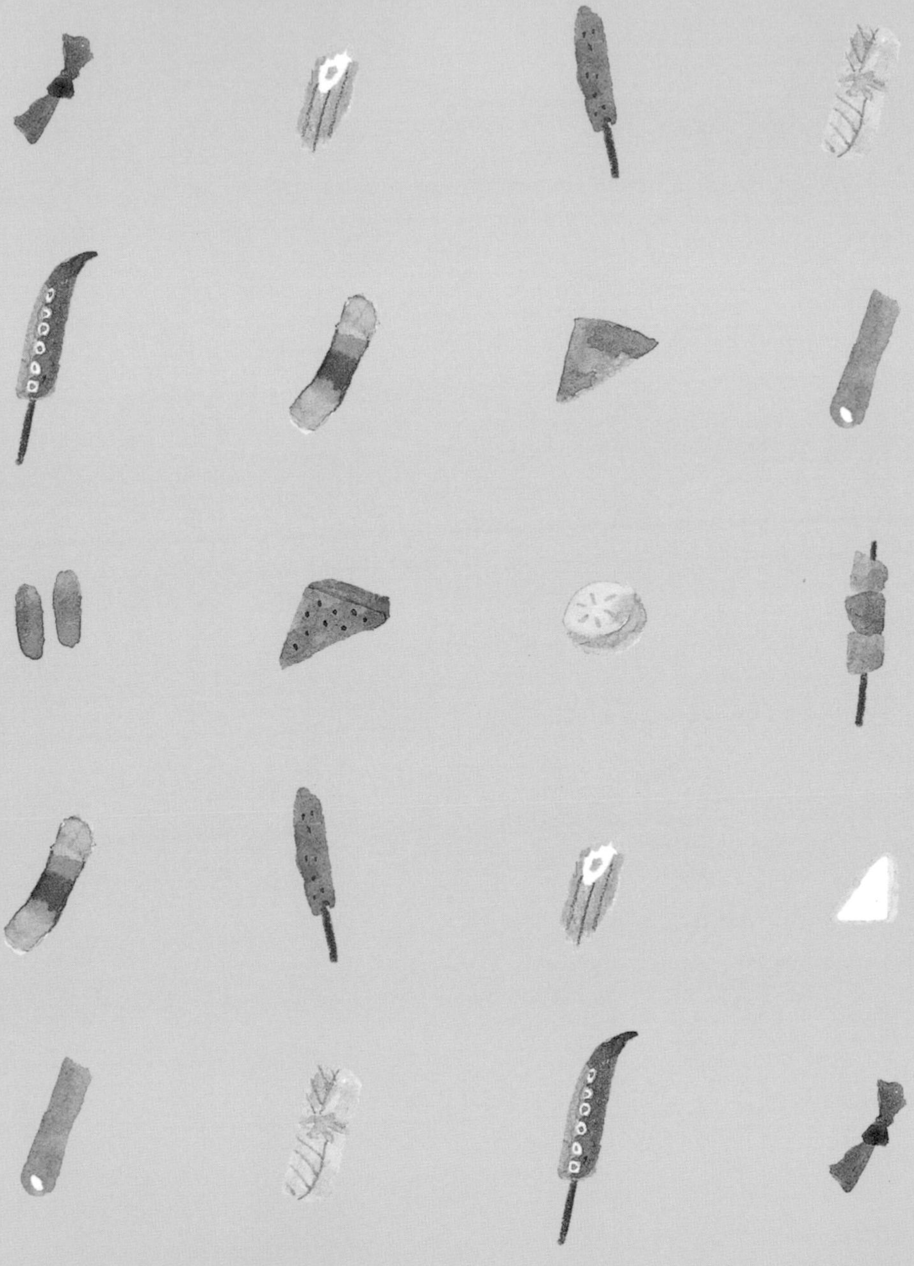

惆悵又幸福的粉圓夢

切なくそして幸せな、タピオカの夢

吉本芭娜娜 著｜劉子倩 譯
Soupy Tang 繪

時報出版

與戀愛對象吃飯時，心情和自家人輕鬆用餐時完全相反，總會有點緊張。緊張也有緊張的快樂。

因爲隱約對飯後的親密時光有所期待，因爲正一步一步走向二人獨處的時刻。

喜歡刺激感的人，想必最喜歡跟戀人或有可能成爲戀人的異性一起吃飯吧。

說來慚愧，我從來不是這種人。

面對面一坐下，我就滿心自問，「幹嘛要和這種陌生人一起吃飯？好想趕快回家輕鬆一下啊。」難怪我沒什麼男人緣。

與戀人吃飯的緊張感，慢慢變成了可以自在共餐的時光，這時，對彼此來說，對方已經在不知不覺中已成了無可取代的人。簡而言之，就是變成家人了。

親如家人後，去對方的老家作客。

起初，那個家顯得很陌生，當然渾身不自在。所有的習慣都不同。對方毫無拘束的樣子，比兩人獨處時更顯愜意，這樣的違和感叫人落寞。撇下我跑去找媽媽撒嬌的他，看起來真礙眼。

但即使是那樣忐忑不安的偶爾造訪，連續去了幾年後，某天，即便他不在場時，不知怎地，我也可以在那個家安心吃飯了。

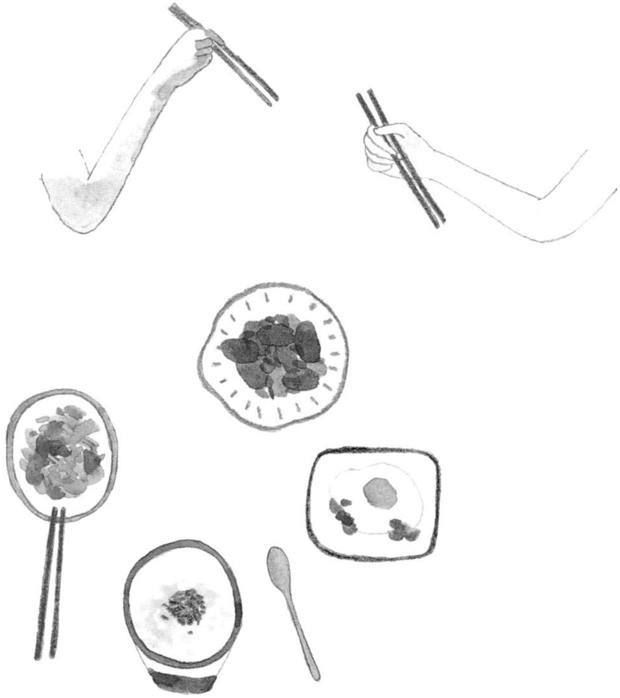

不知不覺那彷彿成爲自己的另一個家，時間推進解決了一切。反過來說，到此地步，兩人的同居生活或婚姻生活肯定也相安無事。雖然麻煩多、挺累人的，但對方擁有另一個可愛的家族。

年輕時總在尋覓能夠廝守終生的伴侶，理所當然把生活重心放在愛情。暈頭轉向的怦然心動讓全世界都染上戀愛的顏色，因此胸口作痛，那的確非常美好。

不過就算換個戀愛對象，依然會有同樣的心動，因此，這種戀愛的感受在人生中並非獨一無二。甚至可以和出車禍、發燒歸爲同一類。

所謂的戀情，就像是迷上自己勾勒的理想形象，說穿了，眞的陷進去的話，會永遠沒完沒了。

外人逐漸成爲家人，卻是一切自然熟成的過程。

不論是否有結婚的形式、是否有生孩子。有個人成了我生活的一部份，性吸引力減退，反倒能感到更強烈的另一種親暱。得到從小抱習慣的那條毯子一樣的「愛」。

時間如同美味的醬菜或對胃腸有益的優酪乳，爲我們的關係帶來發酵，讓人與人親如一家。

那種不可思議，或許才是人生中比戀情更偉大的神秘？

人與人的關係，到底是以什麼形式構成？

與某人邂逅，互許終生，生兒育女。

今後的時代或許連這些都不必要了。

戀愛只是戀愛，結束後不過是另尋邂逅罷了。中間即使有空窗期，也只須和父母手足或朋友開心度過就好，如果住在都市，更有許多其他事情可做。

雖然隨著年華老去，沒有小孩的可能性也與日漸增，但與朋友互相幫助照樣活得下去。沒嘗過什麼瘋狂的悲傷、痛得想在地上打滾的絕望、苦惱的貧困，反正就是活著。或許時代會漸漸變成那樣。

然而，即便是那樣看似安穩的人生，也可能在不意間發生種種事件。絕對無法抱著與昨日相同的心情迎接今天。那樣的巨變隨時可能發生。

無論是美好的或悲傷的事，皆有可能在某一瞬如災難強力來襲，就此改變人生的方向。過度的「驚喜」，說不定幾乎與悲劇一樣棘手。但那正是人生，也恰能證明我們都是平凡生物。

話說我小的時候。

我媽一直生病，所以是我爸負責做飯。爸爸如果稍有時間就想做他的研究，而且還得去工作賺錢養家，所以我想每天煮飯大概令他很痛苦。但我和姊姊當時都還年幼，總得有人負責張羅三餐。

所以爸爸經常去附近的市場買現成的小菜。

現在家裡還留有好幾張爸爸拎著菜籃，去那個距離我家徒步需時二十分鐘的市場買菜兼散步的照片。他雖是老派人物，對自己拎菜藍的模樣似乎絲毫不以爲恥。因爲既可轉換心情透透氣，又能在略感飢餓的傍晚買點自己喜歡的零食吃，還可以順路去逛市場裡的書店。最重要的是，生活忙碌的爸爸唯一的運動似乎就是這趟散步，所以他看起來反倒挺享受的。偶爾我也會跟他一起去買菜。

肉

趕時間或買了大塊頭的根莖類蔬菜時，就搭計程車回家。從市場到我家的距離正好不用跳表。至今我仍記得和雙手抱著菜的爸爸一起搭乘計程車的心情。一如往常的街道，剛剛還走過的路，計程車眨眼之間便已駛過。我很喜歡這樣眺望家鄉街頭雜亂無章的沿路風景。

市場裡有賣薯泥可樂餅、炸肉餅、煮豆子、炒豆渣、煮羊栖菜、雞肉丸子等等熟食。爸爸每次都會挑幾樣作爲配菜。因此，我心目中的「媽媽的味道」、「家鄉味」就是那個市場賣的熟食。可惜那間店已經消失，再也不賣了，無法重溫舊時滋味。

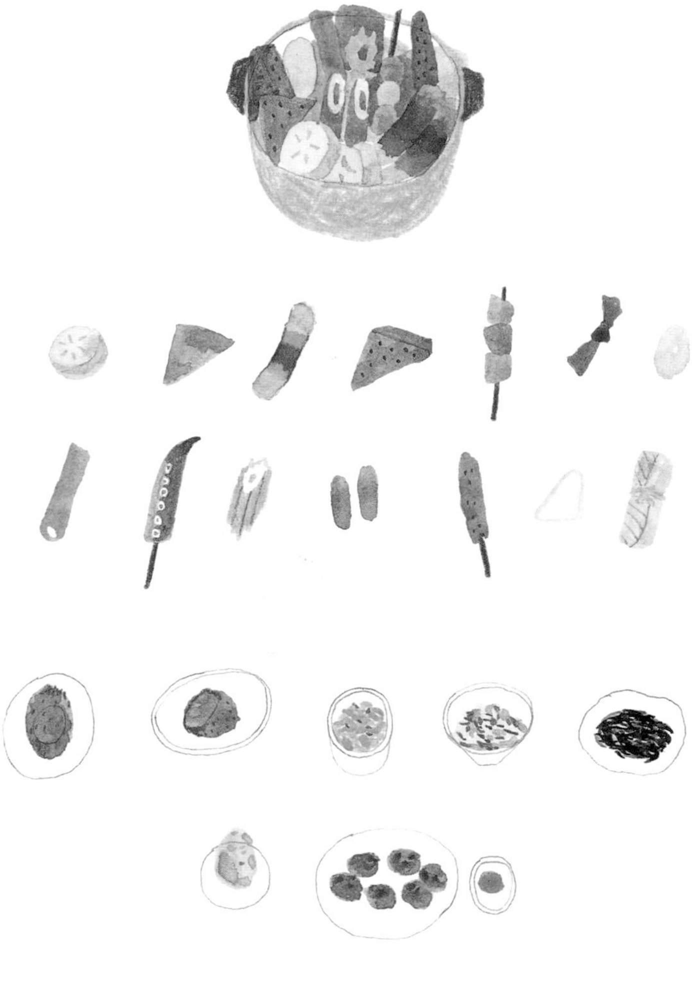

市場也有專賣關東煮材料的店，在那裡挑選的魚漿類製品和關東煮（不知爲何放了馬鈴薯）也經常出現在我家餐桌上。日本的關東地區會把麵粉壓縮做成外型像竹輪一樣的「竹輪麩」。爸爸會拿那個當成烏龍麵的替代品給我們吃。我以前很愛吃那個，但在關東以外的地區沒見過。

市場中央有茶葉行，店內有烘焙日本茶的機器。那個機器運轉時，整個市場都瀰漫香噴噴的炒茶香氣。那種香氣也是我童年時光的美好回憶。

除此之外，爸爸自己煮的東西一律又油又鹹，而且爲了徹底解決食材，他總是把同一樣食材放入每道菜餚中。我想大概是因爲他沒有閒工夫動腦筋在第二天繼續利用剩菜變花樣。

比方說如果這天買了菠菜，餐桌上往往就會出現燙菠菜、奶油菠菜炒肉片，一旁還有菠菜味噌湯、菠菜炒蛋……這樣一桌子的「菠菜全席」。

同樣的菜色天天做也是爸爸的拿手好戲。八成是懶得動腦筋，而且迷上了那個味道吧。

奶油餐包夾上大量的起司、奶油與火腿，用錫箔紙包起來放進烤箱烘烤。

還有只包奶油的奶油海苔捲。

鹽味泡麵加胡蘿蔔加奶油。

奶油分量多得嚇死人的蛋包飯裡面是半生不熟的洋蔥。

我記得這些菜曾經連續十天出現在午餐的餐桌上。

爸爸到底是有多愛奶油？

或許是因爲高度成長期的日本流行的「日式西餐」大量使用了奶油，讓爸爸對它心懷憧憬。

所以對我而言，另一種「媽媽的味道」、「家鄉味」就是加熱過的奶油味。

爸爸煮的味噌湯非常濃。

「這已經不是味噌湯而是味噌醬了！」

我經常被來我家的朋友如此調侃。

味噌濃稠得要吞嚥下去都有困難。

因此我自己煮的味噌湯，變成高湯味道偏重味噌偏少。

但是偶爾，我會忽然很想很想喝爸爸煮的濃郁味噌湯。尤其是加了切絲的白蘿蔔那種。

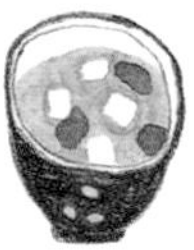

「白蘿蔔就是要這麼切喔。」爸爸還這樣教過我。

想必爸爸的媽媽，我的奶奶，以前也是這麼切白蘿蔔。

我通常是切成半圓形（這樣比較省事），但偶爾想起父親，就會試著把白蘿蔔規規矩矩切成絲狀。

這種時候，我會在湯裡多放一點味噌調得濃濃的，緬懷往日時光。

如果不用我向來使用的精選特級味噌，改用超市買來的便宜味噌，也沒拿昆布和小魚乾煮高湯，只用爸爸以前使用的速成高湯重現爸爸的味道，或許連爸爸做飯時那種令人懷念的苦澀都會重現吧。

現在，我的小孩已經不會主動找我抱抱。也不跟我睡了。他自己睡覺自己起床出門，有時和他的朋友在外面吃飯。他有了自己的喜好，自己的世界，能自己分配時間。

在他還是小寶寶時，我這輩子頭一次不再孤單。

長年來我對愛的渴求被完全治癒了。戀愛時從不尋求刺激的我，即便與戀人耳鬢廝磨還是很寂寞，相聚幾小時之後就各自回家的關係總讓我無比空虛。我希望有人能夠隨時陪在身邊。長大後當然明白不可能有那樣的人，而且自己的人生無論是生是死，到頭來都只有自己一人，所以我也知道，只能自己好好走完人生、自己咀嚼箇中滋味。

但我還是很開心，我的寶寶只愛我一個人，時時刻刻都在看著我，他的存在，從根本上改變了我。即便如此相伴，彼此還是獨立的個體，但我想，我仍然慶幸此刻能在一起。

正因爲我幾乎用了所有的時間去陪伴過他，所以現在我才能夠坦然地支持他離開我吧。

即便如此，我也不可能忘掉只有那段日子才能做的夢。

那天，自己的寶寶第一次睡在身旁，昨天還不存在的可愛小人兒忽然出現在這世間讓我始終嘖嘖驚奇，久久盯著他的睡顏不忍闔眼，輕撫他的小手。

之後，身體總有某一處與寶寶的身體貼在一起。

等他會走路後，總是牽著他的手。

睡覺時我習慣撫著正好在手邊的小胖腿入睡。我隨時貼著他的身體某處，以便當他發燒或半夜醒來時能夠立刻察覺。

彷彿狹小巢穴中的生物，我們緊緊依偎。

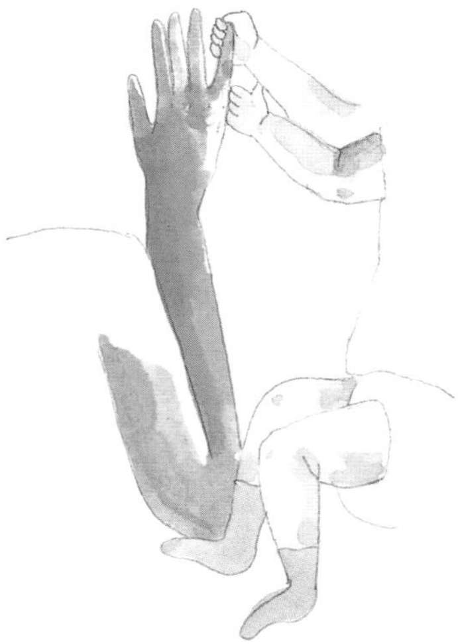

我是餵母奶，所以可以像猴子一樣隨時哺乳，也像猴子一樣時時刻刻相依相偎。

大家都說「斷奶很辛苦喔」，所以我早有心理準備。

「小孩會哭鬧很多天喔」、「會追著妳要奶喝喔」等等。

然而，完全沒發生那種情形。

聽說有種非常好喝，稍微有點貴的奶粉叫做較大嬰兒奶粉（Follow-up Milk），我抱著姑且一試的心情買來餵小孩。

附帶聲明，之前我幾乎從來不用奶粉。因爲小孩不太喜歡。

不過那種昂貴又濃郁的奶粉似乎相當可口。

他咕嚕咕嚕一口氣喝光一瓶奶，而且表現出還想要的態度。

後來他肚子餓時還會自己找出那個罐子，拿到我面前來。

多麼簡單啊。

已經不需要我貧瘠的乳汁，可以開始吃別的了！他渾身上下都充斥那樣的氣勢。

雖然有點失落，但並不傷感。

能夠告別人生中第一次「身爲某人口糧」的時期只覺鬆了一口氣，況且我想，就是因爲已經盡力了，所以才能自然分開吧。

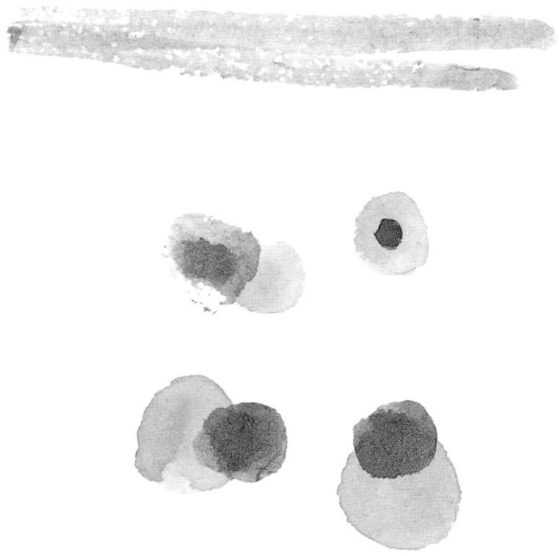

不過，小小孩隨時在身邊的那段回憶終究還是給我很大的安慰。

手牽手去超市時，他會吵著要買零食或冰淇淋。

炎熱的夏天，我買完菜順路去黃昏酒吧小坐，只喝一杯氣泡葡萄酒。身旁是我的小孩。他每次都是喝紅肉甜橙汁。

他最愛的，是我親手做的番茄大蒜湯。用熟透的番茄煮成的湯，酸酸甜甜滋味濃郁。

現在也是，只要煮這道湯，他還是會說「媽媽的番茄湯真教人懷念」。

那大概是鐫刻在他人生中的味道吧。這種東西竟然是我創造的，讓我深感不可思議。

回到家，我煮飯，做番茄湯或味噌湯，再做點小菜。通常小孩這時已經累得睡著了，把他叫醒後，他就睡眼迷糊地吃晚飯。這種情形一再重演，並不特別。但是日積月累就成了重要的大塊時光。

某天我發現一張照片，忍不住哭了。

那是保母替總是一起搭乘電車的我和當時約五歲的小孩拍的照片。

我在電車上睡著了。五歲的小孩依偎睡著的我，小胳膊纏著我的手臂，小臉緊貼我的肩膀。

我想，這種時光永不復返。

已經長大的小孩隨即回來了。聽他欠揍地發牢騷或拿出髒衣服要洗讓我立刻回過神，但是看到那張照片的瞬間，我又重回那段時光。如今我獨自走路，獨自搭電車，買東西，但是曾經像無尾熊或袋鼠一樣，雖然悶熱卻又很溫暖的體溫如影隨形的歲月的確存在過。

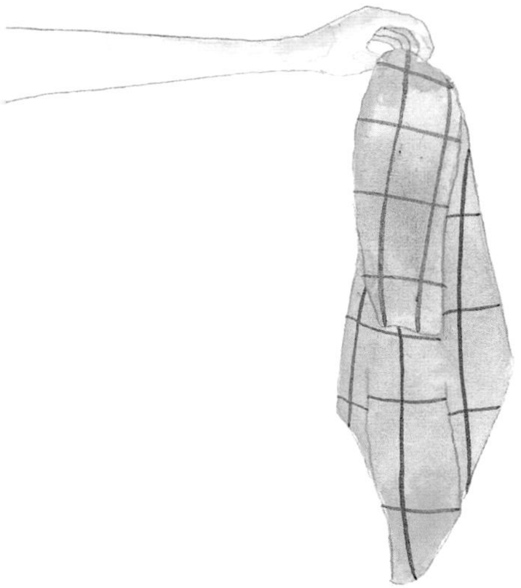

我家附近有一家粉圓店「塔比屋」。

打從那家店開張，五年來，我的小孩每兩三天就要去報到一次。放學回來的他總是一手拿著粉圓。多三倍的黑粉圓加可樂，是他最愛的組合。

因爲幾乎天天去，店裡的人都認識他了，去買之前只要發個簡訊店員就會幫他先做好，本來應該是夏季限定的可樂也隨時爲他供應。

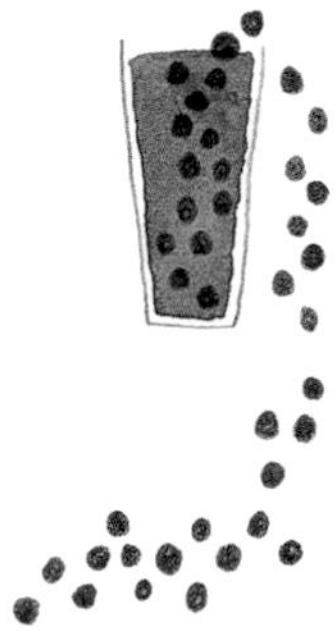

我在自己房間工作，就會聽見他用力吸粉圓的刺耳聲音。現在的我覺得，那聲音眞是沒規矩。他把可樂喝光後，就把剩下的粉圓倒進我心愛的小木碗，一顆一顆吃得津津有味。

有時，他手裡還捧著粉圓的杯子打瞌睡。

去台灣時，他總是一天要吃兩次粉圓，晚上就吃仙草和愛玉。不放芋圓或蜜豆，只要有這兩樣即可。

可他還是說：

「無論口感或味道，還是塔比屋的粉圓最棒。」

枉費我們大老遠特地去台灣，我有點失望，但是那些個晚上坐在店內擺不下只好放到路上的椅子，揮汗吃仙草與愛玉的記憶依然充斥在我胸懷。

而且一起去台灣旅行時，還是一家接一家輪番吃仙草與愛玉與粉圓。

那個曾經成天纏著我、跟前跟後的小寶寶，如今已消失無蹤，就像曾經隨時隨地宣言「最愛媽媽」、拉著我緊跟不放的他，如今卻嫌丟臉死不肯和我牽手一樣。

即便愛始終不變，表達的方式大概也會改變。

而我或許會在少了他的家裡，驀然察覺，就算到了傍晚也沒有吸粉圓的聲音。

那時會感到寂寞、或樂得清靜，我完全不確定。

只是，人生歲月流逝的模樣想必叫人惆悵吧。

屆時丈夫如果還健康，我倆肯定會安靜回味往日時光，不勝感慨地吃飯。那大概是只有曾經共享小孩在家時那段歲月的二人才懂的惺惺相惜。

仰望向晚天空，想到那孩子差不多該回來了，只要他今天也能平安歸來我已別無所求。

這就是所謂的天下父母心。

以前爸爸不甘不願地煮飯等我回來時，八成也是這種心情。這麼一想，不禁心口發燙。和朋友玩得樂不思蜀於是打電話報備不回家吃飯，和戀人約會難分難捨不肯回家的情形，也會代代一再重演吧。

然而此刻我還想繼續作夢。

這樣的夢恐怕剩不到五年了。

還是小孩的他每天乖乖回家的日子，如今已開始倒數計時。那是從他第一次上幼稚園的那天起，媽媽每到傍晚就開始等小孩的時光。

我並不想回到過去。因爲我已逐一參與過他寶貴的成長歲月。他生日時我們總是會去慈祥的叔叔阿姨經營的披薩店，周末一定會去隨和的大哥哥開的供應天然有機葡萄酒與越南河粉的店，還有當成自家親戚來往的燒肉店，我家小孩經過時總會對他揮手打招呼的泰國料理店的廚師姐姐，每次吃蜜豆寒天的時尚咖啡屋，最近即使小孩一個人去，也會端出蜜豆寒天讓他帶給我的親切老闆。以及那家粉圓店。這個擁有種種回憶的城市就是他的故鄉。也是我的育兒歷史。

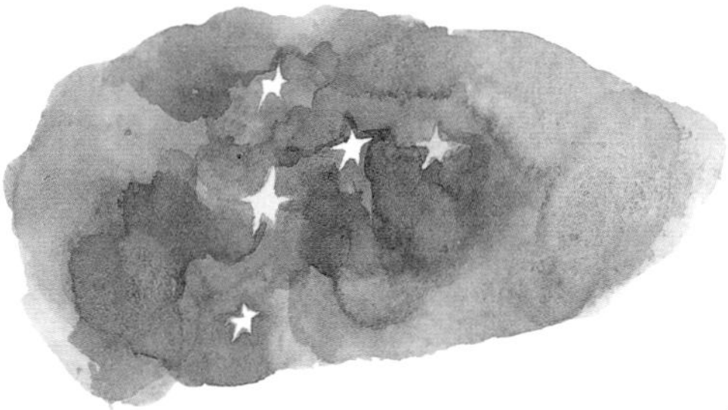

即使哪天那些店不在了，我也老得煮不動番茄湯了，那些記憶想必也已鐫刻在浩瀚宇宙中。

コーヒー
PHO

願你與戀人吃的飯，有一天會變成與家人吃飯。

願那樣的歲月累積，能夠成爲無可取代的地基打造你的人生。願那人生是幸福的。

點燃蠟燭，啜飲啤酒和葡萄酒，一邊眺望漸暗的天空一邊盤算待會和家人吃晚飯該煮甚麼菜的刹那幸福，我認爲即便在人生種種幸福之中也占了很大的分量。然而，那也是因爲我深愛共餐的家人。願你的世界也有那樣的愛。

日前在台北，颱風夜偶然目睹一群單身者聚會，他們開了好幾瓶葡萄酒，據案大嚼龍蝦。

外面狂風呼嘯，行道樹劇烈搖晃。

危險的夜晚即將來臨，所以把握現在，趁餐廳還開著，盡情享受美食吧——唯獨這種心情眾人皆同。

那些人雖然大聲歡笑，看起來卻也像在害怕待會獨自回家後的孤單。那是單身，或者獨居時，才有的孤獨與繁華。

無論是那種繁華喧鬧的幸福，或是我們一家在旁邊大啖生火腿、發酵奶油麵包的這種低調的幸福，但願皆能在那每個當下妝點你的人生。

人生僅此一次，還是盡量過得幸福比較好。還是盡量與心愛的人開懷享受美食比較好。

鮮肉湯包
湯包55 紅茶 冰熱 豆漿 10

大人國 叢書 002

惆悵又幸福的粉圓夢

作者 吉本芭娜娜｜**繪者** Soupy Tang ｜**譯者** 劉子倩｜**主編** Chienwei Wang ｜**審訂** 盧慧心｜**企劃編輯** Guo Pei-Ling ｜**美術設計** IF OFFICE ｜**董事長** 趙政岷｜**出版者** 時報文化出版企業股份有限公司108019台北市和平西路三段240號3樓　**發行專線**—(02)2306-6842　**讀者服務專線**—0800-231-705 · (02)2304-7103　**讀者服務傳眞**—(02)2304-6858　**郵撥**—19344724 時報文化出版公司　**信箱**—10899臺北華江橋郵局第99信箱　**時報悅讀網**—http://www.readingtimes.com.tw ｜**法律顧問** 理律法律事務所 陳長文律師、李念祖律師｜**印刷** 金漾印刷有限公司｜初版一刷 2018年1月26日｜初版三刷 2022年4月14日｜**定價** 新台幣330元｜

ISBN 978-957-13-7301-0
Printed in Taiwan

時報文化出版公司成立於一九七五年，並於一九九九年股票上櫃公開發行，於二〇〇八年脫離中時集團非屬旺中，以「尊重智慧與創意的文化事業」爲信念。

Setsunaku Soshite Shiawasena Tapioka no Yume by Banana YOSHIMOTO

惆悵又幸福的粉圓夢　/ 吉本芭娜娜 著 ; Soupy Tang繪 ; 劉子倩 譯. -- 初版. -- 臺北市 : 時報文化, 2018.01
80 面 ; 14.8×21 公分. -- (大人國 叢書 ; 002)
ISBN 978-957-13-7301-0 (精裝)

1.繪本 2.短篇
861.67　　　　　　107000047

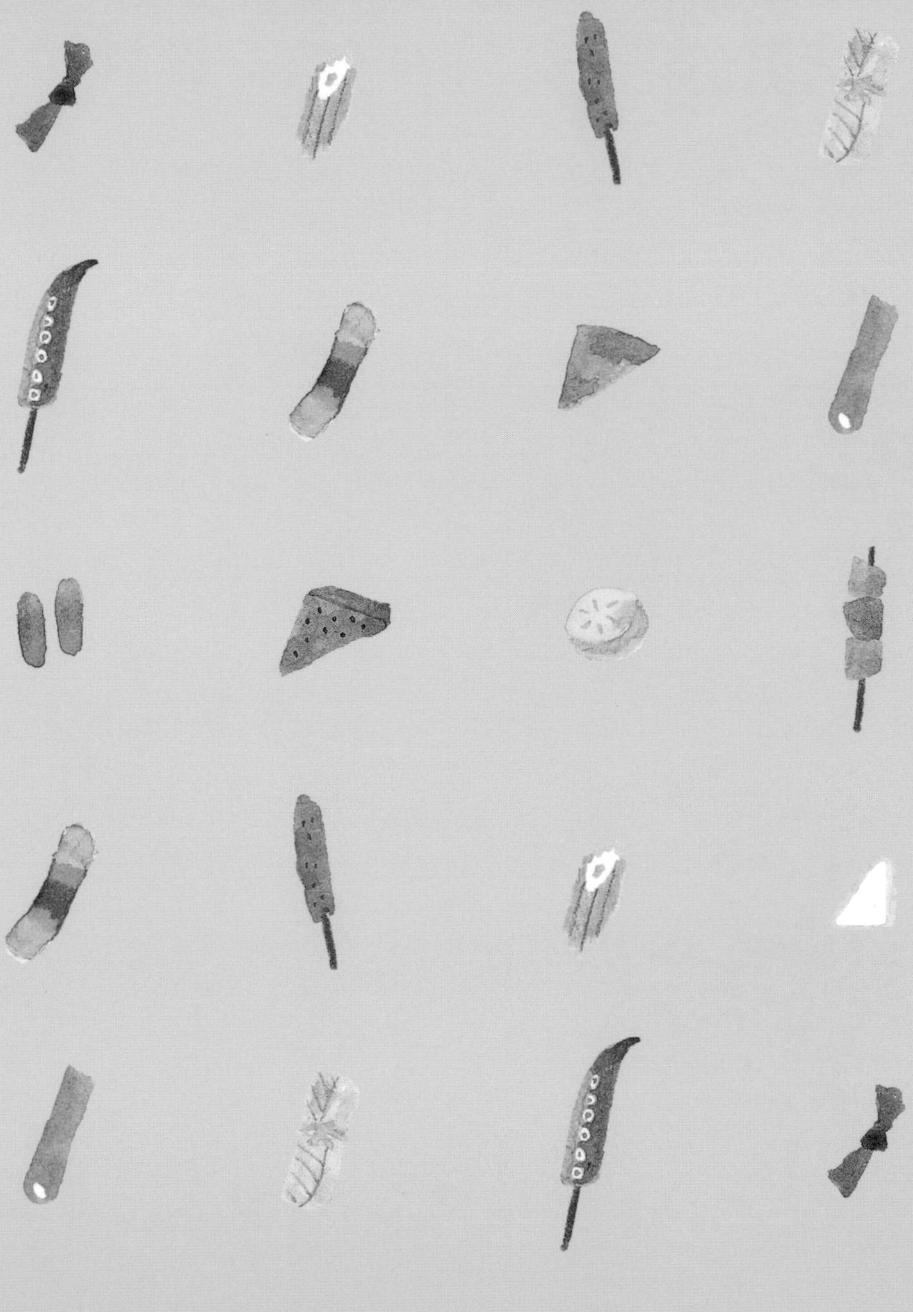